KB120704

떠다니는 말

시작시인선 0420 떠다니는 말

1판 1쇄 펴낸날 2022년 4월 20일
지은이 노두식
펴낸이 이재무
기획위원 김춘식, 유성호, 이형권, 임지연, 홍용희
책임편집 박찬세
편집디자인 민성돈
펴낸곳 (주)천년의시작
등록번호 제301-2012-033호
등록일자 2006년 1월 10일
주소 (03132) 서울시 종로구 삼일대로32길 36 운현신화타워 502호
전화 02-723-8668
팩스 02-723-8630
블로그 blog.naver.com/poemsijak
이메일 poemsijak@hanmail.net

ISBN 978-89-6021-626-6 04810
978-89-6021-069-1 04810(세트)

값 10,000원

떠다니는 말

노두식

천년의 시작

시인의 말

시는 내가 스스로를 가두기 위해
숙고하는 방식

그로써 나는 나를 벗어난다

차 례

제2부

제3부

제4부

해 설

제1부

줄풀의 구름

줄풀 잎끝에 이슬이 맺혀 있다
시간의 초침에 맺히는 것들은 촉박하다
맺힌 순간 위험에 빠지는
너는 매달린 채로 허공에 손을 내민다
맺히면 다음에 맺히는 것이 또 생겨나고
맺히는 것과 더불어 완성되는 둘만의 관계가 있다
균형에 대해 골몰하는 구름은 형상을 만들어 놓는다
흩어지다가 뭉치면 변조된 노래가 생겨난다
맺힌 것들에게 내미는 손은 불확실하다
출처가 불분명한 저들의 손은 안전하지 않다
풀잎의 날카로움은 매달린 것들을 잠시 고정시켜
늘여 놓은 시간이 진흙밭에 닿는지를 가늠케 한다
맺힌 것들의 영역에 줄기를 내리면 다시
맺힐 것들을 위해 줄풀은 한동안 조정을 거친다
구름은 남아 있는 것을 버티게 하는 최선의 방편이다
낫을 들고 줄풀 뒤에 숨어 있는 나는
제풀에 황색 신호등처럼 깜빡이고 있다

혼자 사는 일

욕망의 갈피, 창이 없는 나의 삼각형
깊숙이 검은 물처럼 가두어 두었던 비밀들
날것들이 숨죽이던 갱도에
구멍이 뚫려 맑은 빛이 드니 반갑다

달고 다니는 한두 개의 그림자는
색깔 따라 성좌와 같은 보장이 되고
이목구비 없이 미끈한 심장의 단순함이
바탕에 버티고 서는 든든함도 좋다

하늘땅 포기 지어 있는 미답의 원시가 다가와
손 아래 부복하고
눈짓만으로 언제라도 수확할 수 있는 여유가
깨끗이 사는 방법이 되는 온유

연륜의 철골을 세워 녹을 닦으며
바람처럼 들러서 가는 새로운 이치들과 눈인사를 나누면
일출과 일몰의 정성으로 또 하루가 반갑게 달려온다

서먹한 사물과 맺어 가는 무심의 자유와 더불어

홀로라는 것에 대한 보상은
기꺼이 사방 천지에 산소처럼 편재遍在되는
헐거움의 무진장이다

혼자 산다는 것은
주변의 가까운 곳에서부터
오래된 자신의 지문을 묻혀 나가며
하나씩 처음을 만드는 일
그곳에는 좀처럼 드러나지 않는
엄연한 얼룩들도 살아 있다

인식의 골무

살과 살 사이에 언제부터 찬바람이 들고
벽에는 소름이 돋고
오므리고 가린 채 궁핍한 배후가 떠나고
야릇하기도 하지, 솔기가 뜯어져
그저 희미하게 의문은 지워지다 말고 이따금
피어오르는 노란 연기에 훈제된 푸념은
왜 빨갛기만 한지

바늘을 꺼내 들고
실이 되는 편견마다 잎잎이 희석되는 확신을 마름질하여
부둥켜 뾰족하게 끝을 디밀어 보는
이 단순 지긋함 속에서 손끝은 참을 수 없이 아프다
오류의 솜덩이들은 성글기만 한데

엄지에 규범과도 같은 골무를 끼우고
침묵의 실밥들을 뜯어내고
양 끝단을 끌어 다시 맞대어 놓으며 생각한다
행동하지 않아도 행위가 되는 것들을

저항의 중심에 서 있는 것이

그들이었던지
우리, 아니면
힘줄이 마르고 뼈가 드러난 국외자의 의혹이었던지
인식을 앞질러 가는 어둠은 어디에도 쓸모가 없을 뿐

친절했던 시간은 녹슨 다리미를 챙겨 슬금슬금 달아나고
나는 차츰 추위에 대담해져서
또다시 느슨하게 풀리고 있다

떠다니는 말

말을 하는 이유는 말을 얻기 위함이고
말이 되돌아오지 않는 것은 바로 그 말 때문이겠지

거기서 막혔다

나는 등받이가 없는
의자에 앉아 목젖 안쪽이 보일 만큼 입을 벌린다
치아가 기다랗게 깎이고 늘어난다

말은 마음의 비늘이지만
돌아올 땐 먼지가 되는 일도 흔하지요

마스크에서 풀풀 새어 나오는 발음이 매캐하다

메아리를 보강하기 위해서
연구개를 세척하고 성대를 재부팅할 겁니다

헛기침을 해 본다, 뭉툭하게 시선이 느껴진다
치아가 자음들을 선명하게 거를 준비를 마친다

>

언어 같은 골짜기를 스케일링할 때는 마취를 하지 않는 게 좋아요

그가 들려주는 말 속에는
그를 소화시키는 말이거나
되돌아오지 않는 나의 말이 떠다닌다

끈과 색깔과 미각

신발 끈을 묶는 순간
끈과 끈의 색깔로 구속됩니다
밟히는 것들은 한정된 자유가 되고
눈은 궁리하기에 바빠집니다

보폭으로 평가되는 몇 안 되는 사건들에 대해
끈은 약간의 수축과 이완으로 도모하는 게 있지요
확인한 것들을 규정하도록 편의를 제공하는 일인데요

양손을 펴 손가락 동작을 해 봅니다
힘의 강약과 굴신을 조절하는 윗부분에 닿을 때까지
보이지 않는 연결을 따라가 보기 위해서입니다
끈이 끈을 늘여 끈을 살아나게 하는 그곳은 하얗지요
끈의 역할에는 착오가 생겨나고
끈이 풀어져도 밟힌 것들이 해방되지는 않아요

무성한 가로수 길을 걸어갈 때면
끈을 개칠해야 할 것 같은 초조가 생겨납니다
그 이유를 굳이 알고 싶지 않으면서도
상상 속의 색들을 꺼내어 부산하게 펼쳐 봅니다

>

끈으로 꿰고 묶고 매달 수 있는 것들은
몸속 어딘가에 색색으로 숨길 원합니다
몸은 그들을 위해 고른 호흡을 지속하려 애쓰지요

끈 없이 신는 신발을 맛보기 하러
오늘도 헐렁하게 집을 나섭니다
아직 색깔이 칠해지지 않은 날씨가
앞서 널따랗게 준비되어 있고요

신은 왜 신지?
발치에서는 새로운 미각이 파릇파릇 돋아납니다

너럭바위

간혹, 여위고 쇠락한 긍정에게
소화는 잘 되시는지 여쭈면
말대꾸 없이 입 언저리에 상처 같은 주름을 지어
싱긋 웃기만 했다

돌방아 같은 양심에게는
왜 그렇게 무게를 잡고 있는지 큰 소리로 물어도
고개조차 돌리지 않았다

그럴 때도 나는 내면에서 형성된
합당하고 그럴듯한 답을 들을 수 있었다
스스로 아집의 혀를 굴리고 있었기에
나의 언어는 태생 이래 풍선을 달고 다녔고
물음표처럼 생긴 입은 각색脚色의 바람을 탔다
그런 나에게도 한때
고삐를 죄는 단단한 손이 있었다

나는 안다
내려다보며 묻는 이가
이미 정답을 알고 있는 까닭을

>

내가 굳이 반성해야만 한다면
그래서 묻는 행위가 기만이라면
호기심의 고물이 묻어 있는 나의 입은
수시로 성형하거나 수정되어야 할 것이다
저 천년 함묵의 대지를 내 몸처럼 숭앙하려는
시대적 오류를 피해 가기 위해서라도

아니면 차라리 심산 너럭바위의 엄엄한 목젖이 되리라

붉은 판화 한 장

나날이 오는 날은 첫날뿐

그리하여 밖을 향해 흔드는 손들과
비워 내지 못하는 손가락 사이의 산호초
구상과 비구상의 틈 사이에 무음의 비늘들이 빛나고
시각의 추출을 기다리며 끝이 무딘 것들은
무엇인가를 가리키고 가리킴을 은유하는데
해감내 풍기는 잉어 떼는 뭍으로 몰려와
색깔들이 번져 나가는 방향을 거슬러
헤며 다니다 사라지고
내비게이터가 압축을 풀어
평면으로 정지시켜 놓은 염원들의 지도 위로
숨겨 놓았던 배지느러미를 내민 두 겹의 작은 짐승들이
바위틈을 비집고 나와 풀풀 날아올라

이때 편견 없는 도시의 볕은 때맞추어 넉넉히 들어
꿈인 양 보고자 하는 것만을 보려는
마음이 그려 놓는 무수한 점자들을 쫀쫀하게 다독여 가며
떨어진 조각과 멍든 부위를 따듯이 어루더듬어 주지만

>

내게는 그런 날도 날마다 그날이 그날이어서
하루하루가 작은 소용돌이로 돌다 멈추곤 하는데
그때마다 나의 변함없는 고뇌는
눈동자 깊이 티끌도 닿지 않는 심연에 걸어 놓을
채색된 판화 한 장을 향한 욕망뿐이니
훗날 그것을 들켜 같은 색깔로
그와 단둘이 뻐근한 사랑을 나누기 위함이라

지금은 사월

흐르는 눈물은
닦지 않는 게 좋아
울음도 의식儀式이니까

눈물에 젖은 볼은 어떤 장식보다도 아름다워서
발갛게 번질거릴 때
자기 연민은 가장 깊은 곳에서 솟아오르지
울음소리가 꺾일 때마다
나이테 같은 생채기도 생겨나고

아픔은
보랏빛 올을 하나씩 골라
이마 속에 숨겨 놓는다는 걸 나는 알아
슬픔을 결정하는 것의 반쪽이
기억이라는 것도

벌써 사월이네
눈물이 흘러도 울지 말아야지

기억들을 땅에 묻어 놓고

나의 꽃빛은 모두 지워야겠어

다시 피어나는

어린 꽃들이 지천으로 보이잖아

항아리 입

벌리는 것은 방금의 허락이고
벌리고 있는 것은 적극적 수동이다

개화의 계절은 너그럽고
만개한 꽃들은 목적이 바뀐다

벌어지는 것이 포기를 위한 것이라면
항아리의 입이 늘
긍정만은 아닌 까닭이 거기에 있다
자유의지가 없는 허여는
때로 욕되다

사람의 품은
계곡과 돌 틈새기와는 다른 온기를 갖는다
상황에 따라 거쳐 가는 바람의 색깔도 달라진다

항아리가
마음속의 살아 있는 것일 때
저 무던한 수긍은
우리에게 얼마만큼의 파란만장이 될지

장마

네가 돌아서서
동자 없는 눈을 만들어 놓고 갔다
속이 하얀 무수한 눈은 감겨 있다
머리카락 끝마다 열리는 흰 눈들
노출된 살의 솜털마다 매달리는 흰 눈들
눈은 허공에 회오리 돌아
목적 없이 소낙비처럼 쏟아져 내린다
군데군데 파인 어둠이 질퍽해진다

때로 흰자위 가득 찬 눈이 떠지면 뭔가 휘황하다
절망 대신 보이는 공간들이 눈부시다
하얀 눈의 반은 뒤를, 나머지는 앞을 바라본다
앞뒤로 눈동자만 한 심장이 기어들어 눈을 채운다
붉거나 보라색으로 눈은 박동하기 시작한다
명확하지 않은 환한 것들이 명료해진다

오래 충혈된 눈이 흥건해지는 계절이 돌아왔다
영원히 갈라서는 것은
무엇이라도 예스럽게 젖는다

침묵에 대하여

고목처럼 말을 하는

들풀 같은 사람을 마주하면
청산이 어떻게 그토록 오래
제 위의威儀를 지키고 있는지 알 수 있다

침묵은 정확하여
한 번도 틀린 적이 없다

젊음

이를테면
언 땅으로부터 막 풀려나는 풀빛의 비린내
아지랑이 같은 광막한 벌판에 떠다니는
맵고도 칼칼한 불똥
곧은 것이란 아무것도 보이지 않는 암울을 넘어
야만이 혼합된 도도함을 소태의 맛으로 뿜어내는
모순 덩어리의 포스
견주기 어려운 원색의 도발과
앳된 합리적 방종

그리하여
먼 후일에 비로소 알리라, 젊음이여
투박하고 거추장스럽던 그대의 껍질이
무엇을 그토록 견고하게 감싸고 있었는지
그리고 회상할 것이다
그 시절보다 더 아름다운 무늬는
평생 다시 가질 수 없었노라고

하루치 우화

하루를 다 보내는 데
꼬박 하루가 걸렸다

송화가 피고 지는
오늘은 노란 송홧가루 같은 여자가
꽃가루만큼 날리다가 꽃가루만큼
가슴속에 내렸다

치열한 하루가 단 하루 만에
꿈의 색깔을 칠한 언덕 하나를 남겨 두고 갔다
내일을 위해
비탈에는 다시금
잎도 피지 않은 묘목들이 서고
아직 부화되지 않은 멧새 알 두엇
그 아래 놓인다

하루치 우화는
영혼의 시계 속에 묻혀 버린다
다가오는 하루를 기다리기 위해서는
하룻밤이 걸릴 것이다

>

한평생을 사는 데

꼬박 한평생이 걸릴 것이다

동갑

종일 내게 온 것들이 모두
어디로 가 버린 것일까

갈수록 잃은 것
얻은 것 사이의 간극에 분간이 없구나

하루하루 길 위에서
시간을 흘리고
주우며
마음은 점점 가난해지고
공간은 아득해져 사유도 희박하다

어느 곳에 있건
마른 흙냄새를 풍기며 허리 굽은 바람이 다가와
눕지 말라고 소곤댄다
하필이면
하고 나는 혼잣말로 불평을 하곤 한다

언제부터인가
깡마른 그가 비치적대며 돌아가는 모습을 볼 때마다

동갑인 나는 그에게 묻어
사라진 별자리처럼 모호해진다

잡가를 짓다

방금 끓기 시작한 근댓국의 영역
구수한 냄새가 밴 오후
붉은 잉크는 누룩곰팡이의 무늬를 미화한다
나는 골방으로 삼투하여 산성화된다
부뚜막에 어리는 사과꽃 그림자는
아직도 일어서는 법을 모른다

잊히는 것과 잊히지 않는 것이
고운 지분으로 포장된 길의 끝을 연결하여
바다와 제방의 음울을 살지게 하고
실수로 혀에 박힌 손톱 조각들은 검은 눈물로 흘러
한 발의 총성과 같은 깨달음을
나의 전 재산이 든 자루 속에 숨긴다

나를 환영하던 빛과 포르말린 용액
내 품 안의 선실, 시렁 위에서 매캐하게 내리던
심지 타는 소리
계곡 사이를 구르던 꿈이 환하게 빛나던 시절은
오로지 화해를 위한 위로였을 뿐

>

쇠스랑 자국의 깊이로 고이던 나의 노래
금속의 이랑과 쭈그러진 허벅지의 멍든 신호
유리그릇에 비친 기록들의 난독
소리가 부어 삼키기 어려운
내 울대를 헤집는 맛의 혼합들은
헝클어져 갈피 없는 도데카포니가 되었으니
나는 허밍으로 음형을 고르며 간신히 토역을 참는다

팽이

한갓 말팽이 하나가 꼿꼿이 서는 것을 보며
어깨가 좁은 한 남자의 눈물이 생각났어요

균형을 이루는 것이 아름다웠지요
모티브의 절정에서 호흡은 고요했고요

그가 비틀거리는 동안에는
영혼도 육신도 어둠의 무지개였을 거예요

마침내 수직으로 선 저 척추의 염력을 보세요
보고만 있어도 나의 광각은 깊고 넓게 수정이 되네요
고개가 절로 숙는 것은
나도 기대하는 것이 있기 때문이에요

오늘은 온점처럼 맺힌 안도의 눈물을 흘리며
고요해지고 싶었거든요

양식

존재에 대해 생각할 때
한 번도 우리의 것이 아니었던 죽음은
이미 가까이 다가와 있다

죽음 앞에서
삶은 선명해진다

죽음은 죽음이 옮기는 것이므로
죽음과 다르게
죽을 방법을 선택할 길은 없다

두 번은 죽을 수 없기에
죽음은 완벽해야 한다

한 사람의 삶은
죽음의 한 끼 양식이다

죽음은 굶주리지 않는다

제2부

소

푸줏간 진열대에 늘어놓은 살코기들이
어제 아침보다
붉게
더 붉게 보였다

길가 명아줏대에 붙어 있는 잎들은
젖어 있었고
무당벌레 한 마리가 엎드려
얼굴을 묻고 있었다

하늘은 텅 비어 있었다

나는 몸속 어딘가 자꾸 거북해져서
고개를 떨군 채
앞으로만 재게 걸어 나갔다

안식

제주 서귀포에 닿았다
몸의 안과 밖이 슬쩍 자리를 바꾸었다

백록담으로 오르는 길
시종 씻겨 나가는 것들에게 손을 흔들어 주었다
간절한 문자 몇 줄을 곳곳에 남겨 두었다

정방폭포 아래까지 바람과 어깨를 겯고
다북쑥처럼 걸어갔다
젖은 곰피 더미 위에 가부좌를 틀고 앉아
손가락으로 정성껏 머리를 빗어 묶었다

물보라 속에 붙어 있는 물새 몇 마리를
눈이 시리도록 바라보았다
새들은 하얗게 천둥소리를 남기고 사라졌다

하늘은 청옥빛 너울이었다

온갖 소리와 동작들이
태어난 곳으로 돌아가고 있었다

단전을 헤집고

몸속으로 누군가 썩 들어와 앉았다

출렁이는 보라

우는 소리가 들렸다
웃는 소리 같았는데 옆으로 돌아눕자
영락없는 울음이었다

물길을 돌리면 물 색깔이 바뀌었고
물은 달리다가 꿈 앞에서 느려졌다
묵직한 소리에는 좀 더 빠른 장단이 필요했다
강약에 따라 젓는 시간을 줄일 수 있을지 고심하였다

연결이 끊기면 길은 어둠 속에서
살아 있는 장치처럼 구불거렸다
희미한 것들은 생각대로 물길이 되었고
물처럼 출렁이는 발로 걸음을 옮길 때마다
비릿하고 슬픈 진동이 전해 왔다

조율에 익숙한 이들은
머릿속 환하게 타오르는 꽃불 같은 순간이
웃음이 된다고 하였다
웃음도 슬픔 같은 소리를 낸다고 하였다

>

하얀 손가락들이 밤하늘을 끌어당겨
돌탑을 쌓듯 소리를 덮었다
곧은 나무로 엮어 놓은 강둑 아래
눈물이 말라 버린 눈들이 왈칵대며 흘러갔다

별이 이마 위로 쏟아지고 밤은 보랏빛으로 깊어 갔다
몸을 바로 눕히자 웃는 소리가 들려왔다

소외된 기억

산 정상에 오르는 것은
내려다보기 위해서라고

산기슭에 서서
생각해 본다, 저 높은 곳
더는 올려다볼 것이 없고
오를수록 멀어지는 것이 발아래로 펼쳐지는

산은 낮은 장소와 높은 공간을 내어 준다
인간의 바위와 흙과 오래된 영혼들을 겪으며 얻은
익숙한 순간 중에서 가장 허술했던 것들을
홀로 선택할 수 있도록

더 높은 곳 더 넓은 공간에서 겸손해지기 위하여
시야에 다시 한번 희망이라는 이름을 새기기 위하여
다리는 구름의 곤죽 속에서 균형을 잡고
귀는 지나간 발걸음 소리를 들어야 한다

마음과 현실 사이 가르마 같은 길이
보행을 강제하기도 하고 자유롭게도 하는 것이나

어딘가에서 푸르게 젖어 있을 이데아를 상상할 때
나는 더없이 온순해진다
엉킨 두발을 가린 모자처럼
제 그림자 또한 제 몸의 색깔보다 옅을수록 순조로운
그것이 바로 지혜를 향한 으뜸 항법이기 때문이다

그러니 산의 품에 들어 외람되게
오르고 내리는 일을 따지랴
그곳에 있어 오르는 산이 아니라
나는 스스로 산을 짓고 산에 오른다

내가 열중하는 것은 확신 없는 물음과 불명한 답
140억 개의 뇌세포 한가운데 저장할
소외된 기억 몇 낱

어둠 한 점

그때는 저 속 깊은 계곡의 물빛이
그토록 환하고 맑아 두견새가 울었던지

영산홍 지고도 한참
초록빛 무성한 기슭
발아래 밟히는 언제 적 고엽들은
썩기 위하여 차라리 침묵하는가

피어나는 것 사라져 가는 것들
광막한 꿈 위에 젖은 구름이 묻어
지우지 못한 상처가 무지개로 걸리네

땅 위에 떨구었던 그림자를 낚아채며
까마득히 날아오르는 멧새여
가두리해 놓았던 확신이 두 눈을 벗어나니
먼 날들 이제 와 이토록 왜소하고 잔망하구나
의심으로 굳었던 그를 제쳐 홀로 웃자란
잠깐의 여유란 얼마나 허약한 농락이냐

마른 입술을 관통한

가난한 이의 원망도 남의 계절을 품는 바람이어서
나는 마음을 고쳐먹고
누군가를 만나러 가는 깃털 같은 어둠 한 점을 당겨
맨손 엄지가락 끝에 공손히 올려 보는데

이대로가 좋다

글쎄, 나도 벌써 그런 생각이었지
일단은 내 것이라고 확신할 수 있는 유일한 공간인
육신의 용적이나 지키며 조붓이 살고 싶었어
물론 언젠가 이마저도 내 차지가 아니겠지만

그래서 말인데 전능한 신이 있다면
그의 환심을 사면 안 될 거라는 생각이 들어
나를 새롭게 변화시켜
더 나은 그 무엇으로 만들지 못하도록
왜냐하면 나는 그냥
이 모양 이대로가 좋거든

자신뿐만이 아니라 눈앞에 보이는 경물들을 나는 사랑해
나를 자극하는 어떠한 촉감도, 폐포마다 들어차는 무강한 공기도
설익은 가치관도
그리고 무엇보다 내 주변에서
나를 무시할 줄 아는 서로 닮은 생명들
그들 곁에서 지금처럼 머물고 싶어

>

나는 두려워하는 거지
나아가 나의 것이라고 확신하는 순간
이미 나의 것이 아니었던 수많은 삶이 있었으니까
새로운 길에 한 발을 내디딜 때마다
우수수 무너져 내리던 친숙했던 시간과 공백들을 기억하며
비록 그것이 한갓 낡고 소소한 감정이라 해도
더는 나의 소유라고 선언할 수 없다는 건
슬픈 일이 아닐 수 없었지

그냥저냥 되는대로가 아니라
한결같기를 원하는 것이
모든 소중한 것들에 대한 예의이기도 하니
무모한 욕심이라고 치부하지나 않기를 바라

이대로의 지금이 좋아
일출과 일몰이 변하지 않고 일상이란 의무가 있고
사랑할 사람과 사랑해 주는 이가 있는
게다가 이제는 웬만해서 동요하지 않을
주름투성이의 고집들이 버티고 있는 나의 쇠락한 정원도

검은색은 희다

달이 뜨지 않아 박꽃은 마음이 무겁다
흰 색깔이 빛나려면
흰빛이 있어야 한다

레퀴엠은 검은색
축혼 행진곡은 흰색이다, 웨딩드레스는
검은색을 가린다
검은빛이 없는 곳에서 검은색은
흰색일 수도 있다

시초는 희다
수의는 검은색이 아니며 조문객은
검은 색깔 속에 들어가 있다
종말은 무거우며 희지 않다, 레퀴엠은 무겁지 않다

오늘 하루만 해도
한 곳에서는 장례식이 있었고
다른 곳에서 결혼식이 벌어졌으며
잘 아는 누구는
갓 태어난 늦둥이를 마른 젖가슴에 안았다

>

박꽃이 몸을 떤다
울적한 박꽃은 검다
언젠가는
비가 억수로 내리는 밤인데
달빛이 휘영청 밝았다

게으름에 대하여

몸은 하루에 3,300억 개의 세포를 갈아 치우고
체온을 36도 5부로 유지하기 위해 피부는
400만 개 이상이나 되는 구멍을 동원하여
냉각장치로서의 사명을 다한다

심장은 하루 10만 번 이상을 박동하며
15만 5천 킬로미터 길이의 혈관으로 단 한 번에
5.7리터의 혈액을 펴 보낸다

그보다 앞서
1,000억 개에 가까운 뇌세포들은
마지막 한 개가 소멸될 때까지
무한대에 이르는 계산에 집중하며 부심할 것이다
뇌의 감독과 통제 아래
몸을 이루는 100조 개의 세포들은 서로 협력하여
정밀하고도 완벽한 능력으로
생명 유지를 위한 1천조 가지의 기적을 수행한다
이들은 딴청을 피우거나 엄살을 부리지 않는다

한순간도 충직하지 않은 적이 없는 우리

>

그러니 누구에게든 함부로
게으르다고 질책하지 말라
게으름에 대하여 굳이 말을 해야 한다면
먼저 이렇게 운을 떼야 할 것이다

그래 알아 다 이해하고말고
살아 있는 사람 중에 게으른 이는 아무도 없어

불편한 정박

이 순간 무엇을 해야 할지 모르겠다
들리는 소리는 바다에서 신문지에서
플라스틱 막대에서 나는 그것과 비슷하고
흘깃 가죽 냄새처럼 스쳐 가는 것들은
한 번도 구체적이지 않았던 일종의 미혹 같은 것
고골화한 동물의 뼈라든가
어린 연둣빛 잎을 비집고 나온
은밀한 공기 방울들

나는 여기 침묵하고 있다, 보는 듯 듣는 자세로
모니터의 화면은 비어 있고
제비꽃, 옥잠화, 불두화 같은 모양의 문자가
눈이 아닌 곳으로 흘러 들어오고 있다
흐름에 따라 환영들은 축소되고
정적은 꼬리를 자른다

내가 한참을 부서지는 파도같이
식어 가는 마그마같이 망가지는 동안에도
수선할 만큼 수선하여 돛을 올리면
그럭저럭 떠다닐 수 있었다

이제 형체는 거의 완벽하게 변형되었으나
그렇다고 마음의 동공을 조절하지도 못한다

일어섰다가 다시 자리를 고쳐 앉아도
곧은 방향은 뇌리에 자옥하기만 하다
듣는 일도 보는 일도 아닌 나의 일에는
어떤 구실과 이름이 첨부되어야 한다
날이면 날마다 할 일들이 이제 더는 분명치 않으니

정말이지 이제껏 그 많은 시간을
어떻게 보낼 수 있었는지 모르겠다
지금은 또 왜 한순간의 나를
이토록 정직하게 멈춰 세우고 있는지도

No. 6

도심에서 주워 온 시우쇠 한 덩이를
준비해 두었던 화덕에 넣었다

풀무질하여 한창 달구었을 때
그것은 충동처럼 눈부시게 빛나기 시작했다
빛은 내면으로 깊숙이 파고 들어왔다

몸속에서 붉게 빛나던 것은
오래지 않아 표층부터 검게 변해
하나의 극에서 다른 하나의 극을 만들었다

열기는 한동안 식지 않았으나
어떤 형체도 만들어 낼 수 없었다
군데군데 맹자盲者의 장막이 드리워
내면을 감추기 시작했다
아무도 모르는 사이에
어린 재앙은 빛의 뒤로 숨고
욕망의 전사는 그 빛을 안고 서 있었다

난감한 것은 시간의 간섭이 아니라

세포들의 변절이었다
피부 한 겹만 벗겨도 인간의 낯선 세상이었다

다리 힘이 좋은 날을 골라
식은 쇳덩이를 강보에 싸안고
처음의 장소를 찾아 공손히 내려놓고 돌아왔다

그간은 그토록 혼몽의 회색이었다

탈출에 대하여

꿈에서 벗어나기 위해
물속의 잠에서 깨어나려고 애를 쓴다
깨어나는 것만이 유일한 탈출

꿈에 도달하려고 선택했던 꿈이 목숨의 근사치일 때
그래야 한다
죽어야 벗어날 수 있다면
산 채로 몇 번은 죽어야 한다

꿈이 아닌 잠에서 깨어나자
잠 같은 오류에서 깨어나자

완전치는 않지만 부족하지도 않은 일상이
날개에 자꾸만 진줏빛 무게 추를 더한다
세상을 넘어서며 비상하는 욕망과 갈구는
오류의 균형처럼 절룩인다, 솟아오르는 탁류

평상平床이 기우뚱거리다가 추락한다
흔들어 깨우는 손만이 나를 가르치는 희망이 될 것이다

>

물의 꿈들은 일색이고
포개진 꿈 사이에 멈춰 서는 일순간
돌아갈 첫 번째 꿈을 향한 설고 어설픈 각성이
검은 누드처럼 그리워진다

모노크롬

누가 시켜서가 아닙니다

눈은 보고 싶은 것만 보고 기억해 둡니다
귀는 듣고 싶은 것을 듣고 기억 속에 둡니다
손끝으로 얻은 감각은 그 느낌대로 남게 됩니다

듣고 보고 만진 사람들에 의해
그것들은 제각기 한정됩니다
딱 그만큼만 의미가 부여됩니다
그래서 하나가
천 가지 만 가지로 변신합니다

당신은 타인에 의해 확인된 만큼만
당신이 됩니다
당신은 이 세상 어디에서도
유일할 수 없는 유일한 존재입니다

우리 모두 저절로 그렇습니다

숙면

매미 허물 하나가
나무줄기에 붙어 있었지
곧 날아갈 듯한
여름날의 치열했던 자세 그대로였어

변태의 은유와도 같은 투명한 자궁 속을
붉은 바람이 스쳐 갔어
하늘색 명주 올처럼 소리가 바람에 섞여 나왔지
진통의 신음도 아닌 러브 콜도 아닌
여름이 흘리고 간 몇 개의 음표가 거기 살아 있었어

흰 손끝으로 펼친
초록빛 오선지 한 장을 가까이 매달아 놓고 왔지

그날 밤엔 모처럼 깊은 잠을 잘 수 있었어
지는 잎처럼 흐르는 음률을 베고 누운 나를
매미의 유충이 꼭 품어 주었어

우울한 구름 모자

씨앗은 제 열매를 보지 못하고
열매는 제 아생芽生을 알지 못한다는 걸
우리가 자신의 수정란을 기억할 수 없듯이
모르는 일이 아닌

날마다 아침에 일어나 색동옷을 껴입고
발에 맞는 의식을 신고 나가 길을 밟는다
그만그만한 운명의 우리는 사방에서 제각기
성별이 다르고 체취가 바뀌고
목소리가 세팅되고
걸을 때는 꼭 앞을 본다

숫자는 단 일밖에 없고 나머지는 모두 영이다
존재는 충돌이며, 그렇지 않은가
충돌은 근원의 무지로 인한 흡입이어서
그 순간순간이 미완의 수태인 것
내면의 어름을 분간하지 못하는 우리의 얼굴은 늘
수묵 담채의 문인화이다

알고 싶은 것과 그렇지 않은 것 사이에는

불확실한 성상들이 웅크리고 있다
그것들은 머리 위에
널따랗고 성긴 구름 모자를 만들어 올려놓는다
둥둥 떠오르게 만든다

울적하다, 음

향

양식된 시간도 종내 깨어지고 왜곡되누나
내 아집의 거울에 반사되어
나를 벗어나 창을 굳게 닫은 너
너는 젖빛 유리 속에 갇힌 듯 희미해졌어

나는 간절히 묻고 싶었으나
입으로는 하마나 말 한마디도 할 수 없었고
어떤 빌미도 없이 너는
번진 수채화처럼 먼 곳으로 스며 버렸지

멀어질수록 다시 걷고 싶은 너의 거리는
이제 걸을 수 없는 하늘 다리가 되었네

늘어선 사이프러스 긴 그림자를 밟으며
품속에 남은 빛들을 꺼내 하나씩
허공으로 던져 보네

빛은 타오르지 않고
메아리 되어 돌아오는 연기

>

미움을 지우는

잿빛의 싸한 향이

늙은 까마귀 날개가 되어 흩어지는데

데칼코마니 자각

눈으로 용암을 식히고
혀로 빙산을 녹이는 날이 올까마는
기억과 상상은 언제라도
앞뒤의 시간을 혼돈하여 뒤척여 놓는다

지는 꽃이 슬퍼 눈물을 흘리는 꽃은 없다

꽃의 정서를 흠모하여 계절의 기만을 참는다
절벽을 흉금이라고 주장하는 꽃들은
헤프지 않아 더 야물다

가슴 위로 떨어지는 돌이 스스로 멈추기를 바라며
과거를 현재로 끌어들이는 사진 속에 똬리를 튼다
친숙했던 무지는 왕벌의 날개를 꺾고
인화지처럼 납작하게 노래하다 목이 쉰다

칼을 갈아 본 사람은 칼날을 안다
잘 갈린 날에는 새 문양이 드러나고
그것이 단절을 향해 물결친다는 것을

>

백지 위에 그어 놓은 짧은 선 하나에도 운명은 갈리므로
대칭으로 펼치는 백지는 위험하다
위험은 생기를 잃지 않는다
백지는 희망이며 희망은 환상의 알곡이다

도달하는 시점의 언저리는 한결같이 난이도가 높다
얼마큼이나 접고 포개야 할지를 따져 볼 때마다
천지의 공백은 넓어지고 의식의 간두에는 찬바람이 매섭다

오염

땅속으로부터 색색 풀어져 나온 속살들
앙가슴에 막무가내로 안겨 드네

나 하릴없이 오염되어
곤히 잠자던 삼동三冬 단번에 망가지네

눈부셔라
여태
여전히
꽃물 드는

아린 마음
몸 따라 봄 가듯 늙어 가기를

흰 눈 속에 흰 눈으로 꽁꽁 얼어
그냥 아니 썰물이나 되었으면

제3부

우수의 변

여자를 바라보며 우수에 잠기는 것은
그의 입술로 해거름 갈까마귀 울음의 서글픈 퇴폐를 연상하거나
눈빛으로 한 닢 엽전 같은 비애를 점칠 수 없어서가 아니다

한 겹을 벗기면 또 다른 겹으로 둘러싸는
속고갱이가 아름아름 살아나는 여자

여자는 눈물을 흘릴 때 가장 여자스러워진다
그는 울어야 할 때를 안다

그의 눈물은 두릅나무 새순처럼 안쓰럽고
목에 걸린 가시처럼 저릿하며
단정히 평정하거나 침묵으로 주저하게 만든다

내가 우는 여자를 맥없이 사랑하는 이유는
눈물이 적셔 놓은 해묵은 여자의 시간을
여태도 품고 있기 때문이다

소리로 적시다

구천동 계곡을 뒤져 피라미를 낚을 때
바늘 끝을 무는 것은 온통 물뿐이었다

물비린내 묻은 꿈으로 허공을 잡아 가며
이끼 낀 발바닥 위에서 숨을 고르면
시선에서 시선으로 오가던 숲의 전류
나뭇잎 그물을 비집고 스며든 빛의 넝쿨들은
물소리에 얹혀 찰랑거리다가
불현듯이 칼끝으로 번득이는 미숙한 시간들을 몰아
가슴 깊숙이 포복해 왔고

하나 남은 계단을 견디지 못하고 쓰러져 누운
욕망의 옥탑을 헤집으며 주워들었던
새파란 신음은 차갑고 투명한 여한이 되어
물 밑으로 휘돌아 회귀하려 하였다

색깔 속으로 불러들이고 싶은 소리의 공간들은
채울 수 없을 만큼 크고 넓었다

돌아가야 하는 길이 보이지 않는 길이라면

그저 망연히 떠나보낼 수밖에 도리가 없어
다시 다가간 계곡
물소리에 섞여 물이 돌아오는 길
상상만으로는 힘이 닿지 않아 이마에 손을 짚어
머나먼 곳을 바라다보며

오는 것들의 자리가 제자리이기를 바라는
여태 공중에 떠 있는 내 하얀 영혼은
무엇으로 순환하여 저 같은 물소리로 고이려나
거두려던 시선을 촘촘히 펴 들고
흐르는 물을 움켜 몸의 구석구석을 적셔 본다

궁금해서요

꿈 없이 자는 잠이 있어요
몸속의 노을이 꿈을 지우는 거지만
아무튼 그 잠
안식 같은 몰입이든지
무의식의 흙더미이든지

그러니까 잠 없이 꾸는 꿈이 있어요
무게가 변하는 꿈이지요
낮이든 밤이든
이 길 아니면 저 길 위의 작업
황금빛 탑이
불현듯 그 무게로 어둠을 완성하기도 하고
거품으로 알록달록 신기루 마임도 하는

잠보다 꿈이 잠 같은 관계
꿈보다 잠이 꿈 같은 오류들
요즘 왠지
개방된 통로마다 오가는 것들에는 온기가 없어요

다시 일몰이 오고

일몰을 닮은 일출이 날마다 한 줄로 서성이는데요
끝내 정체를 알 수 없는 태양의 주인은
시방 어두운 바다 어디쯤에서 무얼 하고 계시는지

그녀를 사랑하는 방법

고운 얼굴이 새겨진
유리 공으로 저글링을 할 때는
비가 내리지 않아도 고무장화를 신었지요
노란 우비 한 벌씩을
가까이 서 있는 사람들에게 나누어 주었지요
뜰채도 하나씩 손에 들려 주었지요

해 맑은 날엔
아랑곳하지 않고 누구에게나
맨발로 맨몸의 길이를 재어 보였지요
지우산 모양의 흰 꽃이 머리 위에 송이로 떨어져 내리면
늘어난 발의 길이에 맞는 장화도
미련 없이 내버렸지요

높새바람이 불어 마음의 잎끝이 마르기 시작하면
밤새 방구석에 쭈그리고 앉아
비닐 장판 조각을 걷어
차갑게 식어 가는 가슴을 감쌌지요
바람이 자면 플랑크톤처럼 부유하는 은하수가 보였지요

>

창틈으로 달빛이 꿈틀거리며 기어들어
벽에 부조되어 있던 새들이 놀라 날아오르면
긴장한 시선은 날개의 그늘을 쫓아갔고 간혹
날갯짓의 리듬이 어떤 특정한 색깔의 파동으로 시각화 되었지요
색깔에 대한 신뢰는 잠시나마 더께 진 의심들을 하얗게 지워 주었지요
그럴 때면 의심보다 신뢰가 더 껄끄럽다는 사실을
쉽게 잊을 수 있었지요

두 발과 심장을 보듬는 듯해 보이던
부도체에서는 끝내 풀이 자라나지 않았지요
소통의 배경은 곰팡이가 핀 질고 역한 폐쇄의 터였지요

오늘이었어요
예쁘게 단장한 그녀 앞에서
돌멩이 같은 단어를 떠올렸지만
어떤 따스운 말로도 나는 그 뒤를 잇지 못했어요

측은한 거울

거울 앞에 서면
나의 모습만 보인다
내 안에 가득한 너는 보이지 않는다

언제나 거울 앞에 서면
자욱해진 너로 인해
내 모습이 홀로 얼마나 불완전한지 보인다

거울 앞으로 한 발자국만 다가서면
그곳에 너만 있고
나는 차례로 자욱해져서 도무지 나를 찾을 수가 없다
내가 없는 너의 모습은 불완전하다

거울을 깨어 버리면 우리는 괴리된다

나는 수없이 거울을 사들이고
깨뜨린다
어렴풋하기만 한 어떤 이유가 나를 그토록 충동질한다

깨진 거울 조각을 맨발로 밟으며

나는 스스로 당착에 빠진다
네가 나의 거울이어서 내가 너의 거울인 것인 양

또는 마침내 우리가
하나의 거울 속에 다른 거울 하나를 나란히 둘 것처럼

사라지는 우리

강둑에 앉아 우리는 강물을 바라보고 있지
무심하게 달아나는 물의 뒤태는
바로 우리들의 시간이야
열정도 증오나 고뇌도
지나간 것들은 보이지 않지
벌써 수십 성상을 저렇게 흘러갔을 테니까
지금의 모습인 듯한 것들도
이미 옛날이 되어 버리고 있는 거야

서로 마주 보는 우리의 얼굴
이 순간의 얼굴이 원래 있기나 했던가
우리는 흘러갔고 흘러가고 있으며
언젠가는 흐르지 않겠지

우리 서로를 잃지 않은 까닭은 눈이 아닌 마음의 믿음 때문
그러니 서로를 뚫어지게 바라보는 대신
상기된 두 볼을 가만히 맞대어 보자
세상의 모든 걸 다 잃는다 해도
우리 둘 가운데 누군가의 가슴속에서 소복이 살아나는
한 시절의 고운 사랑이 깃들도록

>

따뜻한 우리

따뜻했던 우리

착한 믿음의 고마움으로

당신의 맨발

공중을 날아가는 새의 빨간 발가락이 보이나요
맨발들이 사는 세상에서
바닥에 흙에 가장 가까운 발을
두 겹으로 싸매고 나는 길을 걷습니다

도마뱀의 신발을 파는 가게는 없지요
구관조의 발에 신을 신겨 본 적이 있나요
시간도 바람도 자취가 없다지요
그들도 맨발인 게 분명해요

발을 가리는 이유에 대한 변명들은 분분합니다
길은 원래 신을 신고 걸어야 하겠지요
마음속 거미가 자아낸 무수한 줄로 길을 만들었으니
발의 무언가를 돌돌 말아 감추어야 할 테니까요
신발이 가리개인지는 중요하지 않아요
나는 풀무치나 펭귄의 발에
신발을 신은 내 발을 이따금씩 견주어 봅니다

나의 맨발바닥을 들여다보면
한 번도 본 적 없는 심해 생물들이 헤엄쳐 다니고

산호 모양의 어릴 적 보물들이 녹슨 채로 버려져 있었지요

발바닥의 깊이가 마음에 반비례하던 때가 생각납니다
간혹 맨발로 걸어 다니는 당신을 보면
나는 왠지 당신의 휘파람이 되고 싶어요

수박

수박을 앞에 놓고 너를 생각한다

너의 깊은 곳을 상상한다 수박의 속살과 네 피부가 감싸고 있는 안쪽을 비교해 본다 아름다움이란 낯선 것에서 오지 않더라 낯익지만 서툰 것들 가운데에서 사랑도 싹트더라 너의 화사한 옷과 얼굴에 묻은 분가루와 네가 흘리는 고운 향기로 치장된 표면은 네 속 안의 그것과 닮은 것일까 갈라 놓으면 붉은 과즙이 흥건히 밴 속살에서 선채 냄새가 피어나고 사각거리는 달고 부드러운 과육과 저절로 입 안에 맑은 침이 가득히 고이게 하는 내가 그리는 모든 것이 수박에는 있지만 너를 해부하면 난 무엇을 보게 될까 너라고 할 만한 낯익고 서툰 것들이 있어서 예의 그 아름다운 사랑에 빠져들 수 있을까 내가 그리던 너의 내면은 그때 나에게 어떤 의미로 다가올까

나는 칼을 든 채 너의 나신 앞에 앉아
목을 꼬며 불편한 상상을 이어 가고 있다
내가 사랑할 너의 감추어진 부분에 대한 긍정적인 각오도 없이 다만

네가 수박이기를 바라며

파꽃

너를 생각할 때마다
나는 왜
너의 하얀 부분만 기억이 날까

나에게 네가
너의 전부가 아니었다면
너에게 나는 또
얼마만큼의 부분이었을까

아, 사랑하고 싶은 것만 사랑했던 사랑

사랑을 떠나보낸 후
내 게으른 눈
이제야 온전한 너를 보겠네

불명한 것

꽃을 손에 들고 바라보다가
꺾은 건지 꺾인 건지

꽃은 그곳에 피어 있었고
나는 그때 너와의
오래된 어떤 시간 속을 지나오고 있었다

분명한 사실은
그 가운데 하나만
제자리로 돌아올 수 있었다는 것

날씨는 따뜻했고
사람들은 무심히 곁을 지나쳐 갔다

평등하다

마음의 배경에 명암이 갈릴 때는
꽃도 저마다 저항한다, 저항은 꽃다운 순응

너는 동에서 나는 남에서
너답게 먹고 나답게 살아간다
너의 척추는 반듯하고 나는 비뚤고
어떤 터럭은 굽고 누구의 피부는 검다
서양 아리아를 부르는 나
남도 잡가를 열창하는
너는 나와 같다

다르다는 것은 같다는 것
그래서 우리는 다 같이 다른 것이다

적어도 지구라는 이 행성에서는
평등이란 의미에 딱히 낯 가릴 이유도 없다
우리는 단지 평등하지 않으므로
평등할 수 있는 것이니

우리 사랑

그날이 와서
사랑하는 우리가 헤어지면
이 세상에는
닮고 닮아 윤이 나던 예쁜 단어 몇 개가 사라지고
우리 서로 연결되어 숙성시킨 온기만큼
그만큼은 썰렁해지겠지

이런 일은 아주 특별한 것이어서
왜냐하면 우리와 똑같은 우리는 없으며
우리의 불꽃 우리의 운율 우리의 촉감은
우리만의 것이었기에

아무도 눈치채지 못하게
가을이 가고 겨울을 지나
사랑은 어딘가에 멀리 겉돌다가
우리가 헤어져 다시 만나지 못하면
누구도 대신하지 못할 그 사랑의 비밀은
풋가지 같은 낯선 어깨 위에
머뭇대는 마른 입술 위에서 시름없이 버정이며
그러니 우리가 헤어져 다시 만나지 못하면

그것은 그리움보다 더 애달픈 어둠이 되어
선한 연인들을 시샘하다 그만 말겠지

우리의 사랑은 그런 것
사랑인 줄도 몰랐던 우리의 첫사랑은
이 세상의 마지막 사랑이지

사랑은 알 거야
다시 처음으로 되돌아갈 수는 없다 해도
언제까지나 그 기쁨
분홍빛 문신으로 남아 다함이 없으리란 것을

치즈 상미

너를 사색하기 위하여 에푸아스 치즈를 산다
치즈의 맛과 향기는 너의 영역이다
등골의 습도가 44%쯤 되는 날에는
치즈를 챙겨 산책을 나선다
두 눈에 진 쌍꺼풀 선이
강 건너 가늘고 굽은 도로를 닮은
너는 늘 어딘가를 지향했으므로
난 너의 시선을 따라가며 급급하다
우리가 사랑하며 그려 놓았던 지도를 펴고
너를 곰곰이 걸어 본다
걸음마다 꽃빛이 여울진다
기억들이 뽀얗게 피어나고
너에게서 불어오는 바람은 그때처럼 투명한 초록빛이다
너는 말이 없다
말수가 적은 나는 불편하지 않다
나는 손을 씻는다
치즈를 꺼내 포장을 벗긴다
치즈의 향이 너의 자리가 된 이후로
산책 길엔 새들이 날아오지 않는다
입술에 네가 와 닿는다

나는 갈증을 느끼며 마른침을 몇 번이나 삼킨다
입술을 벌리고
묵념하듯이 눈을 감는다
너는 입 안에서
강물처럼 깊어진다

갈수록 기억은

3월 시린 볕에
빈 가지

이른 진달래 꽃망울

갈수록 기억은 허풍에 가까워지고

세상의 똑같은 것들은 모두
어디로 갔을까

두 눈을 가려야만
오는 그대

먼 옛날 그 원피스
선연한 연분홍 꽃잎

4월의 꽃

슬퍼하지 말라
4월의 꽃들이 누구에게는 슬픔일지라도

슬퍼하라, 슬픔을 놓지 못하고
꽃에 둘러싸인 이를 위하여

5월 어느 날
꽃자리는 비고
고왔던 일들도 아무렇지 않게 잊히리니

저 같은 슬픔이야
저 철 이른 산당화 같은 사랑쯤이야

인테리어 데커레이션

지우개들이 우르르 거실에서 빠져나갔다
살아남은 사진 몇 장과
당신의 뼈들은 묵묵하다

늙은 햇살이 창유리를 통해 들락거리며
칠 냄새가 가시지 않은 천장에
보이지 않게 낙서를 한다

손때 묻은 공기도 지워지나요
나는 중얼거린다

진작에 내다 버린 2인용 소파는
엉덩이 자국과 오래된 잡담만으로도
홀로그램이 되어 남았다
반달 모양의 입술도 여기저기에
뒤적일 만큼의 흔적을 남겨 놓았다

나는 지워지지 않는 기억을 심호흡하며
지워진 것에 둘러싸인다

>

어째서 내가 함께 지워지지 않았을까

아무도 눈치채지 못했던 오감을 추슬러
나는 사방을 새로 장식해 나간다
한 뼘 한 뼘
익숙했던 쪽의 반대편에 당신을 재무장시켜 놓는다

용기

나도 한때는 용기에 대하여
알 만큼 아는 줄 알았다

철 이른 벚 가지가 꽃망울 내듯
속 문양 때깔 단단히 여민 채로 일단
슬그머니 맨머리를 디밀어 보는
그것이 내 사랑의 방식

사계에 따라 농담濃淡이 바뀌는
이기적인 위장이랄까
한계에 이를 때까지 느긋하게 기다리며
속앓이를 감내하는 말미잘 같은 용기

상상 속에서 급조된
최선이라고 여겼던 붉은 양탄자를 깔고
이 지루하고도 소박한 근기를 고집하다가
나는 귀한 사랑 하나를 잃은 적이 있었다

제4부

불완전한 집

곧 문이 열릴 것이다
문밖에서 기다리는 줄이 늘어날수록
문의 안쪽도 바깥쪽도 다 같이 분주할 터이다
문마다 벌여 선 줄이 있고
문 앞의 긴 줄에는 풍요가 보인다
가장 긴 줄 맨 끝에 서서 나는 집을 바라본다
안이 들여다보이지 않는 집의 문은 잠겨 있다
집에는 문이 있어야 하고
문은 아무나 열 수 없다
문은 머지않아 열릴 것이다
차례로 줄을 서서 기다리는 사람들은
분주하다, 기다리기 위해서는 분주해야 한다
문이 있다 해도
늘어선 줄의 길이는 모두 다르다
편향에 대한 개념을 모르면 불완전한 사람이 될 것이고
불완전한 집에는 열어 줄 문이 있어야 한다
문 앞에선 누구나 기다려야 한다
줄이 길어질수록 문은 쉬이 열릴 것이다
그때까지 문은 함부로 열 수 없다

고이지 않는 새

우산이 넓어 처음에는 하늘을 볼 수 없었다
대오리 우산살에 앵무새 여러 마리가 매달려 있었다
새들은 아무 흉내도 내지 않았다

늘어선 활엽수들은
천둥이 무서워 서로 다른 키로 자랐다
잎의 색깔이 초록과 검정 사이에서 오갈 때
문득 강물이 흐르고 있었다
가마우지가 잠수를 하고

가마우지가 목구멍에서 생계를 토해 내고
강물은 석유등 불빛에 슬픔처럼 일렁였다
노櫓로 수면을 치는 소리에 물고기 대신
가난한 가슴이 더 놀랐다

비린내 묻은 소매로 입술에 젖은 탄식을 닦다가 올려다본
하늘에서 별들이 돌비늘처럼 빛났다
영문도 모르고 뚫린 우산 구멍 안으로
물안개가 조용히 흘러 들어왔다

>

앵무새들은 물방울이 되어 하나씩 뱃전 위로 떨어졌다

그것들은 고이지 않았다
나뭇가지 사이로 가마우지의 끼룩대는 울음이
잠꼬대같이 감아 돌고 있었다

추상의 힘

분황사 석정만 한 쓸개 안에
황동의 단면처럼 빛나는 것
황소의 성기 같기도 하고 맨드라미꽃 같기도 한 것

법계의 바다에 해무로 피어 용솟음치며 끓다가
약사여래께 배례하듯 둥글게 솟는 치유
그 황금분할 같은 비례
어변성룡은 아니더라도 다단한 암시와도 같은 치미

덜어 낼수록 부족함이 줄어들고
빈자리를 차지하는 낯선 것들과도 단번에 동화되는
피 한 방울 없이도 따뜻한 것
탄생하고 소멸하는 무한 복원의 끈기는
어느 하늘 아래에선가 가장 깊은 곳을 밟아 보았을 것이다

별 아래 공개하면 투명해져서 흐르는 것
오십 년쯤 묵은 편백의 지라나 간으로 자리를 이동하여
갓 낳은 댕기물떼새 알처럼 네 귀퉁이에 맺히고 나면
어느 신비한 사람의 속내에 문양 고운 자수를 놓거나
명정에 든 듯 자신을 밀어내어 한끝에서 멸하거나

중간중간의 착각으로 제 얼안 가득히 초록빛으로 무성해지거나

혹은 전능한 성자의
손끝에서 흐르는 증애의 성수를 받자옵듯
혹은 눈 못 뜬 보살의 붉은 귓불에 잠긴
세심의 개벽 같은

감옥

어제처럼 내리는 비
흐느끼는 소리를 어금니로 물고 있는
누군가가 있다

검은 창살과도 같이
까마득한 높이로 물방울은 구획을 짓고
칸칸이 고정되는 공간 속에서
시간의 형상은 기이한 발음에 귀를 기울이며 덤덤하다

움직임을 멈추고 만들어 낸 고요가 불안정할 때도
변화하는 것들은 변하지 않는 것이니
비에 젖은 몸이 다시 비가 되어 내리고
빛이 어둠을 밀어낼 때
어둠에 밀리는 빛이 있음을 보라
바다에 빠져 허우적대며 삼키고 뱉는 거품의 단어들
혀는 평균대 위에서 중심을 잡으며
결코 뛰어내리려 하지 않는다

온갖 장식이 달려 있는 바퀴와 착각이 내는 금속성이
필요충분한 명분처럼 각질화되고

체념의 손은 허공 가득 방부제를 뿌리며 출구를 봉한다

변한 것은 없다
여전히 갇혀 있다
내일도 오늘처럼 비는 내려서
나는 어딘가에 한정된 늪변으로 고여 있을 것이다

가래떡

가래떡 한 줄을 뽑아
세 치가웃 크기로 네 등분 한다

한 토막을 노릇하게 굽는다
구수하니 문맥에 군침이 돈다

피부가 말라 속까지 굳어 버리기 전에
나머지는 수식어를 적당히 발라
침묵에 싸서 갈무리해 둔다

구운 떡은 조청을 찍어 앞니에 물고 있어도
선뜻 입 안으로 들이지 못한다
딱딱하거나 뜨거워서가 아니다
흰떡이란 원래 서술적으로 그러하다

사고의 종착역은 하나뿐이고
시장한 철길은 예전과 다름없다
말모이 도시락을 몇 개씩 꾸려 놓아도
길은 함함하고 멀고 아득하다

>

시선이 닿는 곳마다 갈탄을 때 주던
검댕이 화부가 그립다
때로는 활활 타는 불꽃과 검은 연기 속에서
전소하는 원고지 위에
벗은 몸 고르게 펴서 눕고 싶다

물봉선

침묵이 흐르고
수화기 너머로 껄껄 웃는 소리가
꿈결처럼 들려왔다

어궁語窮한 고별사였다

전화를 끊고 나니
잠에서 깨어난 듯
나도 허허 웃음이 나왔다

9월은 속까지 깨끗이 비어
대체로 공평하게 막을 내렸다
문자들은 모음만 남기고 모두 해체되었다

시간이 낙수처럼 듣던 나날이었다
신기하기도 하지
그때 그 웃음소리는 이따금
가슴 갈피마다 작은 원호를 그어 중심에
물봉선 삭과 터지듯
쇳가루 같은 무형의 씨앗을 흩뿌려 놓는 것이었다

>

그럴 때마다 나의 일상은 출렁이며
기우뚱거리곤 하였다

허

동쪽의 바다와 뭍이 만나는 곳에 푹신한 바위가 있었다
그곳에 앉아 엄청난 양의 짠물을 바라보았다
푸르고 맑고 희고 검은 색들이 혼재된
투명한 퍼즐 같은 물의 호흡은 달콤하고 명랑하기만 했다

렘브란트가 캔버스에 뭉쳐 놓은 물감이, 자화상이란 것이
렘브란트 바로 그이라고 나도 믿고 싶었다
'이성이 잠들자 악마가 태어났다'는 고야의 판화에서는
고야를 찾을 수 없었다

거울에 투영된 얼굴에게 웃어 보라고 명령한다
인화지에 감광된 프리지어 향기를 맡고
스크린에 등장한 인기 있는 배우를 손짓하여 부른다

존재하는 듯한 존재는 착각이든가 인지의 강요였다

나는 평생 나를 직접 볼 수 없었으며
시간은 만져지지 않았으나 계산되고 있었다
태양 아래서 오감은 무슨 짓을 하고 있었던 것인가

나는 과연 나의 누구였던가

샘

오래전에 일곱 개의 샘을 파서
천장에 매달았습니다

여백의 뚜껑을 열어 놓고 기다렸습니다
샘물이 차서 넘쳐흐를 때까지
형이상적으로 의식意識을 굶겨 가며

하루에 한 방울씩 듣는 물소리에
나의 시도는 하릴없이 한정되고 말았습니다

언어의 감옥이
해체되지 않았으므로
경도傾倒된 고독은
어둠의 형벌이 되었습니다

문

오늘 또다시
무형의 담장 앞에 서서
'어떻게'와 '왜'라는
두 개의 닫힌 문을 만난다

통과 후에는 반드시
각주를 달아야 하는
그중 하나의 문고리에 손을 댄다

매번 손끝이 떨린다
확신은 근원이 불명하고
손은 언제나처럼 수동적이다

단 두 개의 길을 두고도
마음은 무수히 갈래가 진다

등에 진 길마 위에 걸터앉은
무거운 이가
가만히 보고 있다

어버이날

슬픈 일이 없어도
가끔은 그냥 슬프다

어미 오리가 앞장을 서고
뒤로 일곱 마리의 새끼 오리가 따라간다

어미의 기다란 목이
우쭐하다

오늘은 종일
노오란 생각만 해야겠다

기억만 하기로

사진첩을 뒤적이다가
인화지 위에 묻어 순간이 되어 있는
지난 시간이
현재를 지우는 것을 본다

기억 속에 멈춰 세웠던 시간은
되풀이할 때마다
관념의 채도를 변화시킨다

자유란
어둠을 벗어나는 걸음들이다
양지를 지양하려는 나는
생소한 기억만 기억하기로 한다

과거에 오래 머무는 시간은
부패한다

공동은 슬프다

나무를 보려고
숲을 버린 적이 있었다

마음의 공동이 큰 것만큼
슬픈 일은 없다

바람이 불면
가장 완벽한 균열에서도
쇳소리가 난다

오래된 말

그대가 나에게
이 세상에서 으뜸 환한 말 한마디를 들려 달라 원하면
정녕 듣고자 하는 그 말을
나는 기쁜 마음으로 얼른 되물을 수밖에
어쩌면 그 말이 내가 듣고 싶어 하는 단 한마디일 테니까

그대가 나에게 하고 싶은 말은
내가 그러하듯이 빛나는 것들에 관한 것일 테고
나도 그대처럼
빛나는 것이 무엇인지 이미 알고 있으니까

빛에 대해 생각할 때마다
우리는 어디에서나 서로가 같은 밝기로 반짝일 것이다

그리고 사랑이 이제금
파장 이외의 아무것도 아닌 방식이 되었더라도
우리의 오래된 말들은 변함없으므로
나는 언제라도 그로 인해 처음처럼 수줍어서
따뜻해진 가슴이 조마조마할 것이다

비익조

오랜 가뭄 끝에
비가 온다

비보다 반가운
온다고 하는 그 말에 마음이 젖는다

기다리던 것이 온다면
그것은 잃어버린 나의 한쪽이길

반쪽인 나는 오늘
바람의 말에 얹혀 돌아오는 그를 본다
흙냄새 나는 더운 빗줄기로 흠뻑 달려온 그는
나의 다른 반쪽에 가득했다가 이내
가뭄보다 더 가문 반쪽이 된다

좋은 시절

친구가 식당 화장실에 들러
피하에 인슐린을 주사하고 나왔다
그동안 나는 식탁에 앉아
돋보기를 꺼내 쓰고 식단을 훑어보았다

추어탕을 시켜 먹고
만두 한 접시를 더 주문하고 나서
격조했던 그간의 일들에 대해 수다를 떨었다
일찍이 유명을 달리한 몇몇 친구의 사정
이혼을 결심한 칠순의 부부 얘기도 화제에 올렸다

밖으로 나서니 선뜩
맨머리를 스치며 한 줄기 미풍이 지나갔다
불어난 한강은 재깍거리며 흘러갔고
둔치를 산책하다 올려다본 하늘도
하얗게 태엽을 풀어 놓고 있었다

나는 늙은 친구의 옆얼굴에서 내 나이를 읽었다
우리에게도
치열했으나 좋은 시절이 있었다

지금 이 시각은
갈수록 더 젊어질 것이다

지나고 나면 우연만하니 나쁜 것도
다 나쁜 것이 아니라면
마음을 정하는 일이
진작에 우리의 몫은 아니었던 것을

쇠똥구리

흰 수염이 가르치신다
목표를 없애면 방향을 잃지 않으리라

쇠똥구리가 산란 준비를 하며 중얼거린다
글쎄, 그렇게들 살아 보시라니까

주름살

바람이 가는 길이었네

긴 날의 꿈들은
고드름 끝을 사르는
겨울빛

해 떨어지듯

지평에 해 떨어지듯
그림자는 임자를 잃고

까칫한 바람
어디서든
소리도 없이 맞부딪곤 하였네

해 설

존재의 고독과 사랑의 길

차성환(시인, 한양대 겸임교수)

노두식 시인은 첫 시집 『크레파스로 그린 사랑』(1984) 이후로 『바리때의 노래』(1986), 『우리의 빈 가지 위에』(1996), 『꿈의 잠』(2013), 『마침내 그 노래』(2016), 『분홍 문신』(2018), 『기억이 선택한 시간들』(2019), 『기다리지 않아도 오는 것』(2020), 『가는 것은 낮은 자세로』(2021)를 상재하였다. 거의 40년에 가까운 긴 시력詩歷 끝에 나온 열 번째 시집 『떠다니는 말』은 완숙한 시의 절정을 이루며 어떤 개화開花를 눈앞에 둔 듯하다. 10이라는 숫자는 처음 여는 1에서 시작하여 모든 것을 꽉 채운 완성의 수이자 새로운 출발을 의미한다. 그런 점에서 이번 시집은 노두식 시인이 지금까지 달려온 다양한 시적 여정을 종합하고 갈무리하는 두터운 매듭과 같다. 긴 시력과 함께 삶의 황혼기에 접어든 시인이 진정한 삶의 가치를 새롭게 완성한 징표로 드러내는 것이다.

노두식 시인은 한의사로서 뛰어난 의술로 다른 이의 아픈 몸을 돌보며 평생을 살아왔다. 그와 함께 그는 남들 모르게 조용히 자신의 시詩를 통해 사람들의 마음까지 치유하고 있었다. 사람들의 몸과 마음을 치유하면서 그 또한 인간의 고독이라는 굴레에서 벗어나 진정한 삶의 가치를 깨닫게 된다. 열 번째 시집에 이르기까지 그의 발자국을 한 발 한 발 따라가 보면 결국 그의 생애가 온통 타자에게로 향하고 있었다는 것을 깨닫게 된다. 인간 존재의 고통을 보듬고 함께 달래며 가는, 고단한 기쁨이 그의 시에 있다.

시집 『떠다니는 말』에는 노두식 시인이 바라보는 삶의 지향점이 선명하게 드러나 있다. 그가 그동안의 시 세계에서 보여 왔던, 인간 존재에 대한 끊임없는 탐구와 인간성 회복을 위한 줄기찬 노력의 결실이기도 할 것이다. 우리의 삶은 죽음으로 스러지지만 그 속에서 절망할 것이 아니라 죽음을 넘어서 인간의 고귀한 가치를 끝까지 추구해야만 한다는, 그의 건강한 의지와 신념을 엿볼 수 있다.

단독자로서의 인간이 감당해야 할 죽음과 소멸은 삶 자체가 품고 있는 속성이다. 인간은 죽음으로 향하는 존재이며 어디까지나 자기 몫의 생生을 스스로 감당해야 한다. 모든 것이 한순간에 죽음으로 스러지는 시간의 흐름 속에서 우리는 어떻게 살아가야 하는가. 노두식 시인은 고독한 존재의 성채에 갇혀 있는 한 인간이 어떻게 벽을 허물고 타자와 세상을 마주할 수 있었는지를 뜨거운 육성으로 들려주고 있다. 시집 『떠다니는 말』은 인간 존재의 유한성을 넘어서 타자에 대한 사랑으로 나아가는 길을 보여 준다. 그것은 지금까지 시인이 걸어왔던 시의 길이며 오랜 시간 존재론적 사유를 통해 얻은 깨달음이기도 하다. 이 모든 것은 존재의 감옥 속에서 고통받는 한 인간으로부터 시작되었다.

푸줏간 진열대에 늘어놓은 살코기들이
어제 아침보다
붉게
더 붉게 보였다

길가 명아줏대에 붙어 있는 잎들은
젖어 있었고
무당벌레 한 마리가 엎드려
얼굴을 묻고 있었다

하늘은 텅 비어 있었다

나는 몸속 어딘가 자꾸 거북해져서
고개를 떨군 채
앞으로만 재게 걸어 나갔다

—「소」 전문

살아서 뜨거운 숨을 내뿜던 "소"는 "푸줏간 진열대에 늘어놓은 살코기"가 되어 있다. 그 생생한 죽음은 "어제 아침보다" "더 붉게" 보인다. '나'만 그 풍경을 바라보고 있는 것이 아니다. "길가 명아줏대에 붙어 있는 잎들"은 슬퍼서 눈물을 흘렸는지 젖어 있고 "무당벌레 한 마리"는 차마 못 보겠다는 듯이 "엎드려/ 얼굴을 묻고 있"다. 이 외설적인 죽음의 풍경 앞에서 '나' 또한 그것을 제대로 보지 못하고 "고개를 떨군 채/ 앞으로만 재게 걸어 나"간다. 삶과 죽음을 가로지르는 이 풍경 위에 허무 그 자체인 텅 빈 "하늘"이 놓여 있다.

「소」는 짧지만 강렬하고 선명한 이미지로 우리 앞에 죽음이 기다리고 있다는 진실을 분명하게 말해 주고 있다. 시인에게 각인된 이 선명한 죽음의 풍경은 "존재에 대해 생각할 때/ 한 번도 우리의 것이 아니었던 죽음은/ 이미 가까이 다가와 있다"(「양식」)라는 시구를 쓰게 했을 것이다. 그리고 인간의 삶은 곧 죽음을 품고 있는 것이라는 근원적인 자각이 시인으로 하여금 존재와 삶에 대한 성찰로 나아가게 했을 것이다. 존재의 감옥 속에서 새로운 생의 가능성으로 나아가기 위한 외로운 싸움을 하게 했을 것이다.

어제처럼 내리는 비
흐느끼는 소리를 어금니로 물고 있는
누군가가 있다

검은 창살과도 같이

까마득한 높이로 물방울은 구획을 짓고

칸칸이 고정되는 공간 속에서

시간의 형상은 기이한 발음에 귀를 기울이며 덤덤하다

움직임을 멈추고 만들어 낸 고요가 불안정할 때도

변화하는 것들은 변하지 않는 것이니

비에 젖은 몸이 다시 비가 되어 내리고

빛이 어둠을 밀어낼 때

어둠에 밀리는 빛이 있음을 보라

바다에 빠져 허우적대며 삼키고 뱉는 거품의 단어들

혀는 평균대 위에서 중심을 잡으며

결코 뛰어내리려 하지 않는다

온갖 장식이 달려 있는 바퀴와 착각이 내는 금속성이

필요충분한 명분처럼 각질화되고

체념의 손은 허공 가득 방부제를 뿌리며 출구를 봉한다

변한 것은 없다

여전히 갇혀 있다

내일도 오늘처럼 비는 내려서

나는 어딘가에 한정된 눌변으로 고여 있을 것이다

—「감옥」 전문

「감옥」은 어둡고 절망적인 작품이다. '나'는 내리는 비 속에서 "흐느끼는 소리를 어금니로 물고 있"다. "비"는 "검은 창살"처럼 "까마득한 높이"에서 지상으로 내려와 꽂힌다. '나'는 마치 "비"의 감옥에 갇힌 수인과 같은 존재로 일상을 살아간다. "바다에 빠져 허우적대며 삼키고 뱉는 거품의 단어들"이란 표현에서 보듯이, '나'는 제대로 자신의 언어를 발화할 수 없는 상태에 처해 있다. "비"의 "검은 창살"에 갇혀서 "체념의 손"으로 허우적거리고 있는 '나'는 "여전히 갇혀 있"는 중이고 "한정된 눌변"으로 고통받고 있는 상황이다. 이 "비"는 언어의 감옥이다. '나'는 자기 몸속에 갇힌 언어를 토해 내지 못하고 고독 속에 갇혀 있다.

언젠가는 죽음으로 스러질 수밖에 없는 유한자로서 '나'의 육신은 감옥 그 자체일 것이다. 육신의 감옥은 곧 언어의 감옥이다. 그는 현재 타자와의 소통이 불가능한 채 존재의 고독 속에서 끊임없이 침잠하는 시간 속에 있다. "언어의 감옥이/ 해체되지 않았으므로/ 경도傾倒된 고독은/ 어둠의 형벌이 되었습니다"(「샘」). 이 고통스러운 형벌에서 어떻게 벗어날 수 있을까. 육신에 갇혀 있는 자폐적인 언어는 누구에게도 응답받지 못한다. "되돌아오지 않는 나의 말"(「떠다니는 말」)은 죽음의 언어이다. '나'의 떠다니는 말이 누군가에게 가 닿아 또 다른 말을 생성시켜 화답할 때 비로소 '나'는 언어의 감옥에서 벗어날 수 있으리라. 노두식 시인은 육신과 언어의 감옥에서 벗어날 수 있는 생명의 활로를 찾기 위해 고군분투한다. 그것은 자신의 시가 나아가야 할 방향을

찾는 것과 같다. 그에게 시의 길은 삶의 깨달음을 얻기 위한 수행의 길이기도 하다.

꿈에서 벗어나기 위해
물속의 잠에서 깨어나려고 애를 쓴다
깨어나는 것만이 유일한 탈출

꿈에 도달하려고 선택했던 꿈이 목숨의 근사치일 때
그래야 한다
죽어야 벗어날 수 있다면
산 채로 몇 번은 죽어야 한다

꿈이 아닌 잠에서 깨어나자
잠 같은 오류에서 깨어나자

완전치는 않지만 부족하지도 않은 일상이
날개에 자꾸만 진줏빛 무게 추를 더한다
세상을 넘어서며 비상하는 욕망과 갈구는
오류의 균형처럼 절룩인다, 솟아오르는 탁류

평상平床이 기우뚱거리다가 추락한다
흔들어 깨우는 손만이 나를 가르치는 희망이 될 것이다

물의 꿈들은 일색이고

포개진 꿈 사이에 멈춰 서는 일순간

돌아갈 첫 번째 꿈을 향한 설고 어설픈 각성이

검은 누드처럼 그리워진다

—「탈출에 대하여」 전문

이 시의 '나'는 죽음과도 같은 "물속의 잠"에 빠져 있다. 마치 가위에 눌린 것처럼 "잠"에서 깨지 못하고 고통받고 있는 상황인 것이다. 하지만 이것은 꿈속의 일이 아니라 "완전치는 않지만 부족하지도 않은 일상"의 이야기이다. 아무런 각성도 없이 "일상"을 살아가는 우리의 삶은 "물속의 잠"과 같다. 관습적인 일상에 빠져서 깊은 "잠"에 빠져 있는 '나'는 진정한 삶을 살아간다고 볼 수 없다. 영혼이 깨어나지 않은 삶은 죽은 삶과 같다. '나'는 이곳에서 벗어나려고 "흔들어 깨우는 손"을 기다리지만 그것은 요원한 일이다. 존재의 감옥에서 "탈출"하기 위해 끊임없이 '나'의 한계와 싸워야 한다. 죽음과도 같은 "잠"에서 깨어 나아갈 때 비로소 우리는 새로운 삶의 진경眞境을 발견할 수 있기 때문이다.

시집의 전반부에 해당하는 1부와 2부가 단독자로서의 존재가 가진 고독과 슬픔을 주로 드러내고 있다면 3부와 4부는 이를 극복하고 존재론적인 사랑으로 나아가는 과정을 기술하고 있다. 그것은 삶의 진리를 찾아 헤매는 구도자의 길에 다름 아니다. 시집의 제목인 '떠다니는 말'은 '나'의 육신에 갇혀 있는 말이 풀려 나온 이후를 의미할 것이다. '떠다니는 말'은 곧 떠다니는 삶이고 진리를 좇는 구도자의 삶이다. '떠다니는 말'은 타자에게 닿을 수 있는, 또 다른 생의 가능성으로서 존재한다.

산 정상에 오르는 것은
내려다보기 위해서라고

산기슭에 서서
생각해 본다, 저 높은 곳
더는 올려다볼 것이 없고
오를수록 멀어지는 것이 발아래로 펼쳐지는

산은 낮은 장소와 높은 공간을 내어 준다
인간의 바위와 흙과 오래된 영혼들을 겪으며 얻은
익숙한 순간 중에서 가장 허술했던 것들을
홀로 선택할 수 있도록

더 높은 곳 더 넓은 공간에서 겸손해지기 위하여
시야에 다시 한번 희망이라는 이름을 새기기 위하여
다리는 구름의 곤죽 속에서 균형을 잡고
귀는 지나간 발걸음 소리를 들어야 한다

마음과 현실 사이 가르마 같은 길이

보행을 강제하기도 하고 자유롭게도 하는 것이나
어딘가에서 푸르게 젖어 있을 이데아를 상상할 때
나는 더없이 온순해진다
엉킨 두발을 가린 모자처럼
제 그림자 또한 제 몸의 색깔보다 엷을수록 순조로운
그것이 바로 지혜를 향한 으뜸 항법이기 때문이다

그러니 산의 품에 들어 외람되게
오르고 내리는 일을 따지랴
그곳에 있어 오르는 산이 아니라
나는 스스로 산을 짓고 산에 오른다

내가 열중하는 것은 확신 없는 물음과 불명한 답
140억 개의 뇌세포 한가운데 저장할
소외된 기억 몇 낱

—「소외된 기억」 전문

"산"은 일상의 생활과는 분리되어 있는 공간이다. 그렇기에 우리는 산을 오르면서 현실에 산적한 일들에서 잠시 해방감을 느낀다. "산 정상"이 초월적인 하늘과 맞닿아 있는 이상적 가치에 속한 곳이라면, "산" 아래의 도시는 현실적 가치들이 지배하는 곳이다. 그렇기에 "산 정상"으로 오르는 길은 "마음과 현실 사이 가르마 같은 길"일 터이다. 마음속에서 꿈꾸는 이상과 누추한 육신이 속한 현실 사이에서 갈등하면서 살아가는 것이 인생이다.

시인은 마음 한편에 "산 정상"과 같은 "어딘가에서 푸르게 젖어 있을 이데아"를 간직한 채, 묵묵히 자기 걸음을 걸어가는 것이 "지혜를 향한 으뜸 항법"이라고 말한다. 인생은 "스스로 산을 짓고 산에 오"르는 것과 같다. 이러한 인생의 길에는 "확신 없는 물음과 불명한 답"밖에 없지만 자신의 "소외된 기억 몇 낱"을 소중하게 붙들고 "산 정상"을 향해 가야 하는 것이다. 혼자 걷는 산행은 자신에게 오롯이 집중할 수 있게 하며 자연 속에서 인간이란 존재는 무엇인지 숙고할 수 있는 시간을 준다.

그때는 저 속 깊은 계곡의 물빛이
그토록 환하고 맑아 두견새가 울었던지

영산홍 지고도 한참
초록빛 무성한 기슭
발아래 밟히는 언제 적 고엽들은
썩기 위하여 차라리 침묵하는가

피어나는 것 사라져 가는 것들
광막한 꿈 위에 젖은 구름이 묻어
지우지 못한 상처가 무지개로 걸리네

땅 위에 떨구었던 그림자를 낚아채며
까마득히 날아오르는 멧새여
가두리해 놓았던 확신이 두 눈을 벗어나니
먼 날들 이제 와 이토록 왜소하고 잔망하구나
의심으로 굳었던 그를 제쳐 홀로 웃자란
잠깐의 여유란 얼마나 허약한 농락이냐

마른 입술을 관통한
가난한 이의 원망도 남의 계절을 품는 바람이어서
나는 마음을 고쳐먹고
누군가를 만나러 가는 깃털 같은 어둠 한 점을 당겨
맨손 엄지가락 끝에 공손히 올려 보는데

—「어둠 한 점」 전문

산행이 우리 인생의 길에 대한 비유라고 했을 때, 산속 깊숙이 들어가지 않고서는 산의 본 모습을 발견할 수 없다. 산이든 삶이든 그 외관만으로는 그것의 정수를 제대로 맛볼 수 없는 것이다. 삶의 한가운데로 깊숙이 들어가야지만 "깊은 계곡의 물빛"과 같은 아름다운 풍경을 목도할 수 있다. "그토록 환하고 맑"은 "계곡의 물빛"에 공명해 "두견새"가 우는 것처럼 '나' 또한 산의 아름다운 정취에 취한다. 하지만 이러한 아름다운 생명의 발산의 뒷면에는 죽음과 소멸이 있다. "발아래 밟히는 언제 적 고엽들"은 찬란했던 생의 순간이 지난 죽음의 흔적들이다. 산/삶이 그곳에 있을 수 있는 것은 죽음이라는 바탕이 있기 때문이다. "죽음 앞에서/ 삶은 선명해진다"(「양식」).

삶이 아름다울 수 있는 것은 이 삶이 영원하지 않고 죽음을 품고 있기 때문이다. "영산홍"이 피고 지는 것처럼 대자연에는 "피어나는 것 사라져 가는 것들"로 가득 차 있다. "오늘 하루만 해도/ 한 곳에서는 장례식이 있었고/ 다른 곳에서 결혼식이 벌어졌"(「검은색은 희다」)다. 우주에 존재하는 온갖 사물들은 피고 지고를 무한히 반복하는 것이다. 인간이란 존재도 이 삼라만상 중에 피었다 지는 작은 생명에 지나지 않는다. 인생은 "광막한 꿈"과 같다. 자신의 안위만 돌보는 이 삶은 "왜소하고 잔망"한 것일 수밖에 없다. 그렇다면 모든 것이 죽음으로 소멸하는 시간의 흐름에서 우리는 어떻게 살아가야 하는가. '나'는 우연히 "날아오르는 멧새"의 작은 그림자, "누군가를 만나러 가는 깃털 같은 어둠 한 점"에 집중한다.

> 강둑에 앉아 우리는 강물을 바라보고 있지
>
> 무심하게 달아나는 물의 뒤태는
>
> 바로 우리들의 시간이야
>
> 열정도 증오나 고뇌도
>
> 지나간 것들은 보이지 않지
>
> 벌써 수십 성상을 저렇게 흘러갔을 테니까

지금의 모습인 듯한 것들도
이미 옛날이 되어 버리고 있는 거야

서로 마주 보는 우리의 얼굴
이 순간의 얼굴이 원래 있기나 했던가
우리는 흘러갔고 흘러가고 있으며
언젠가는 흐르지 않겠지

우리 서로를 잃지 않은 까닭은 눈이 아닌 마음의 믿음 때문
그러니 서로를 뚫어지게 바라보는 대신
상기된 두 볼을 가만히 맞대어 보자
세상의 모든 걸 다 잃는다 해도
우리 둘 가운데 누군가의 가슴속에서 소복이 살아나는
한 시절의 고운 사랑이 깃들도록

따뜻한 우리
따뜻했던 우리
착한 믿음의 고마움으로

—「사라지는 우리」 전문

호르는 "강물"은 다시 잡을 수 없이 "무심하게" 달아난다. 그것이 "바로 우리들의 시간"이다. 한평생 삶의 한복판에서 끓어올랐던 "열정도 증오나 고뇌도" 한순간에 다 "지

나간 것들"이 되고 "지금의 모습"은 시간의 속도에 휩쓸린 채 "이미 옛날이 되어 버"리는 것이다. "서로 마주 보는 우리의 얼굴" 또한 지금은 살아 숨 쉬고 있지만 가혹한 시간의 속도에 결국은 죽음에 이르게 된다. 죽음 앞에서 모든 것이 무화되어 사라지지만 유일하게 기댈 수 있는 것은 서로를 향한 "마음의 믿음"이다. 서로가 소멸하는 시간의 흐름 속에서 그 스러짐을 가까이에서 지켜보고 같이 견디는 것을 "사랑"이라고 부를 수 있을까. "세상의 모든 걸 다 잃는다 해도/ 우리 둘 가운데 누군가의 가슴속에서 소복이 살아나는/ 한 시절의 고운 사랑", 그 "착한 믿음의 고마움으로" 우리는 살아가고 있는 것이다.

지금 눈앞의 존재가 조금씩 죽음을 향하고 있다는 사실을 깨달았을 때, 그것은 허무와 절망의 끝이 아니라 새로운 사랑의 시작일 수 있다. 그 존재의 덧없음을 한없는 연민과 사랑으로 서로를 끌어안고 보듬어 안는 것. "상기된 두 볼을 가만히 맞대어" 서로의 체온을 나누는 것. 지금의 살아있음을 감사하며 지나온 길을 되돌아볼 때, 우리는 삶에 대한 무한한 긍정을 발견하게 된다. 세상에는 하나의 개체로서 '나'의 존재만 있는 것이 아니라 바로 내 옆에 다른 존재가 있음을 깨달았을 때, 유한한 삶의 감옥에서 벗어날 수 있는 것이다. 이제 언어의 감옥에서 헤어 나올 수 있다. 드디어 "날것들이 숨죽이던 갱도에/ 구멍이 뚫려 맑은 빛이 드니 반갑다"(「혼자 사는 일」).

그날이 와서
사랑하는 우리가 헤어지면
이 세상에는
닳고 닳아 윤이 나던 예쁜 단어 몇 개가 사라지고
우리 서로 연결되어 숙성시킨 온기만큼
그만큼은 썰렁해지겠지

이런 일은 아주 특별한 것이어서
왜냐하면 우리와 똑같은 우리는 없으며
우리의 불꽃 우리의 운율 우리의 촉감은
우리만의 것이었기에

아무도 눈치채지 못하게
가을이 가고 겨울을 지나
사랑은 어딘가에 멀리 겉돌다가
우리가 헤어져 다시 만나지 못하면
누구도 대신하지 못할 그 사랑의 비밀은
풋가지 같은 낯선 어깨 위에
머뭇대는 마른 입술 위에서 시름없이 버정이며
그러니 우리가 헤어져 다시 만나지 못하면
그것은 그리움보다 더 애달픈 어둠이 되어
선한 연인들을 시샘하다 그만 말겠지

우리의 사랑은 그런 것
사랑인 줄도 몰랐던 우리의 첫사랑은
이 세상의 마지막 사랑이지

사랑은 알 거야
다시 처음으로 되돌아갈 수는 없다 해도
언제까지나 그 기쁨
분홍빛 문신으로 남아 다함이 없으리란 것을

—「우리 사랑」 전문

만남이 있으면 헤어짐이 있고 삶이 있으면 죽음이 있다. 세상의 모든 인연에는 시작과 끝이 있는 것이다. 이 시의 '나'는 "사랑하는 우리가 헤어"진 이후에 무슨 일이 일어날 것인지를 상상하고 있다. '나'와 '너'가 같이 일구어 온 "우리"의 작은 세계가 한순간에 사라진다. "닮고 닮아 윤이 나던 예쁜 단어 몇 개가 사라지고/ 우리 서로 연결되어 숙성시킨 온기"도 사라진다. "우리와 똑같은 우리는 없으며" "우리"는 "이 세상"에서 유일하고 고유한 사랑의 집합이다. 다른 이들이 가질 수 없는 "우리의 불꽃 우리의 운율 우리의 촉감은/ 우리만의 것"이기 때문이다. 하나의 개체가 도저히 이룰 수 없는 것이 있다면 그것은 바로 사랑이다. 다른 존재와 연결되어 있다는 느낌. 다른 존재와 함께한다는 "그 기쁨". "우리의 첫사랑"은 다른 것으로 대체할 수 없는 지상에서 유일한 "마지막 사랑"이다. "사랑"의 증표는 서로의 심장에 화인처럼 "분홍빛 문신으로" 새겨져 있다.

그 고귀한 "사랑"은 '나'를 존재의 감옥에서 꺼내 준다. 언어의 자폐적인 소용돌이에서 '나'를 건져 올린다. '나'와 '너'가 주고받는 말은 세상이 알 수 없는 사랑의 밀어이고 "우리"의 세계를 구축시키는 보호막이다. 사랑에는 서로 오랫동안 주고받아 "닳고 닳아 윤이 나던 예쁜 단어"를 만들어 내는 "기쁨"이 있다. 사랑은 서로의 말을 품고 뜨겁고 뜨거운 우리만의 세계를 만드는 일이다. 단독자인 존재의 유한성을 넘어서서 타자에게 가 닿는 모든 시도가 사랑이리라. 시인이 존재와 타자에 대한 깊이 있는 철학적 사유를 통해 발견한 삶의 진리는 곧 '나'라는 자아의 경계를 허물고 타자와 만나는 존재론적 사랑이다.

노두식 시인이 궁극에 도달한 시의 장소가 타자에 대한 사랑이고 인간 본연에 대한 구원이라는 것을 이제 알겠다. 그는 "철 이른 벚 가지가 꽃망울 내듯/ 속 문양 때깔 단단히 여민 채로 일단/ 슬그머니 맨머리를 디밀어 보는/ 그것이 내 사랑의 방식"(「용기」)이라고 말한다. 추위가 가시기 전, 세상을 향해 아직은 불가능해 보이는 '꽃망울'을 "슬그머니" 밀어 올리는 것이 그의 사랑이다. 봄이 '꽃망울'을 피우는 것이 아니라 '꽃망울'이 봄을 열어 낸다. 그 '꽃망울'이 혹독한 세상의 한복판에 한 줄기 희망처럼 피어나는 생명의 길임을 나는 알겠다.

열 번째 시집 『떠다니는 말』은 인생의 혹독한 겨울을 참고 견딘 아홉 발자국 위에 내려앉은 생의 '꽃망울'이다. 오랜 시의 길 끝에 얻은 고귀한 삶의 가치이자 눈부신 희망이다. 그의 시는 민들레 꽃씨처럼 당신의 마음에 살포시 내려앉을 것이다. 가만히 그 말의 숨결을 따라가 보라. 어느 순간 무언가가 뜨거움으로 차오르고 움트는 것을 발견하게 될 것이다. 지금 봄날에 피는 모든 꽃들이 지난한 겨울을 겪고 인간 내면으로 향하는 존재의 고독이자 사랑의 길이라는 것을 가슴 벅차게 깨닫게 되리라.